Eine Frau und ihr Liebhaber treffen sich in einem anonymen Hotelzimmer. Sieben Nächte lang. Er legt die Spielregeln fest, sie folgt. Bis zu ihrem letzten Treffen, an dem er ihr die Apotheose der Lust verspricht: Eine Liebe ohne Tabus, es soll alles erlaubt sein …
Das intime Tagebuch einer ungewöhnlichen Leidenschaft – abgründig, sinnlich und provokant.

Alina Reyes, geboren 1956, wurde mit den Romanen »Der Schlachter« und »Labyrinth des Eros« berühmt. Ihre Bestseller »Die siebte Nacht« und »Tagebuch der Lust« wurden in zahlreiche Sprachen übersetzt. Sie lebt in Paris und in den Pyrenäen.

Alina Reyes

Die siebte Nacht

Roman

Aus dem Französischen
von Gaby Wurster

Berlin Verlag Taschenbuch

FSC
www.fsc.org
MIX
Papier aus verantwortungsvollen Quellen
FSC® C083411

August 2013
Die Originalausgabe erschien 2005
unter dem Titel *La septième nuit* bei Robert Laffont, Paris
Für die deutsche Ausgabe

Umschlaggestaltung:
ZERO Werbeagentur unter Verwendung einer Abbildung
von Allan Jenkins/Trevillion
Druck und Bindung: CPI – Clausen & Bosse, Leck
Printed in Germany
ISBN 978-3-8333-0910-6

www.berlinverlag.de

Für die Liebe in Stille
und für die zitierten Dichter –
Kawabata, Gogol, Kafka, Breton,
Schwarzer Hirsch, Nietzsche
und Keats

ERSTE NACHT

Ich kam um Mitternacht, gemäß seinen Anweisungen. Hübsches Hotel, aber diskret.

»Ich werde erwartet. Zimmer 58.«

»Gleich linker Hand, schönen Abend, Madame.«

Hätte ich vielleicht gar nichts sagen sollen? Oder: Mein Mann erwartet mich? Aber ich habe keinen Mann und ich will auch keinen. Warum sollte es mich kümmern, was der Nachtportier denken könnte? Als hätte er nicht schon andere gesehen ... Aber mir ist es egal, was andere machen könnten, was andere denken könnten. Wenn es ihn zumindest ein bisschen erregt, sich vorzustellen ...

Aber ich hatte kaum einen Schritt gemacht, als ich mich schon nicht mehr an sein Gesicht erinnerte. Leben die anderen, haben sie Körper und Seele, oder sind sie Phantome? Noch bevor ihn das Dunkel hinter mir wieder verschluckte, dachte ich schon nicht mehr an ihn.

Im Aufzug hob ich das Kleid an und prüfte meine halterlosen Strümpfe. Für unser erstes Mal wollte ich nicht gleich alle Trumpfkarten ausspielen – Strapse und

Pumps. Auch wenn sie das alle mögen. Auch wenn wir seit einem ganzen Jahr auf diese Nacht gewartet und uns währenddessen nur E-Mails geschrieben hatten. Doch der Austausch von Worten legt die Seele bloß und reizt die Nerven.

Das Zimmer sollte in Halbdunkel getaucht sein, so hatten wir es beschlossen. Wir hatten uns ein einziges Mal getroffen, vor achtzehn Monaten bei einem Abendessen. Sechs Monate hatten wir gebraucht, bis wir uns dazu entschließen konnten, wieder Kontakt miteinander aufzunehmen, und das gleichzeitig. Eine geheimnisvolle Hand hatte in uns Licht gemacht, irgendwo am selben Schalter.

In dem fleckigen Spiegel schien mein Gesicht aus dem Nichts zu kommen. Das leichte Make-up überdeckte die Zeichen der Zeit nicht, und das war fast beruhigend – so irreal und bedrohlich, wie mein Gesicht da auftauchte. Doch jedes Spiegelbild ist komisch, und es war auch nur für einen Augenblick da. Der Aufzug hielt, ich drehte mich zur Tür, die Flügel sprangen auf.

Sofort verschwand das Bauchweh, das ich bekommen hatte, als ich aus dem Taxi gestiegen war. Ich stand in einem roten Korridor, weich und warm von gelben Lampen beleuchtet. An der Wand gegenüber wies ein goldenes Schild auf die Zimmer 50 bis 54 nach rechts, ein anderes Schild auf die Zimmer 55 bis 59 nach links.

Ich hörte leise Fernsehgeräusche. Aber sind Hotelzimmer denn jemals schalldicht?

Ich hatte mich sorgfältig hergerichtet. Trotzdem fühlte ich mich weniger schön als an jedem anderen Tag, an dem ich mich kaum um mein Äußeres sorgte. An diesem Abend fehlte mir einfach die Unbekümmertheit. Umso mehr als ich vage wusste, dass ich, während ich versucht hatte, mich schön zu machen, so zerstreut gewesen war, so nervös, dass ich auch etwas Wichtiges vergessen haben könnte, wie zum Beispiel mich zu kämmen oder zu warten, bis der Lack an meinen Zehennägeln getrocknet war, bevor ich die Strümpfe anzog …

Doch nun war es zu spät, um mich zu vergewissern, dass ich nicht aussah wie eine Vogelscheuche. Außerdem vergaß ich es gleich wieder. Voller Verlangen ging ich durch diesen rötlichen Tunnel zu seiner Tür. Ich ballte meine rechte Hand und schlug mit den Fingerknöcheln zweimal an das dunkle Holz.

Ich hörte seine Schritte; er öffnete die Tür weit, hielt sich selbst aber im Schatten. Aus dem Zimmer drang diffuses Licht, es beschien ihn von hinten, und sein großer, regloser Körper zeichnete sich dunkel ab.

So verharrten wir einen Moment, sahen uns an. Ich sah nur seine Augen, ich hielt mich daran fest. Ich hatte die Grenze des verzweifelten Verlangens nach ihm erreicht. Und nun … spürte ich den ganzen Rest, seinen

Körper, sein Gesicht, spürte alles, ohne es zu sehen – das genügte.

Die Erregung fuhr mir in die Kehle und in den Schoß. Als ich auf ihn zuging, wich er zurück, zog sich in den Schatten der Tür zurück. Er schloss sie hinter mir, machte einen Schritt auf mich zu und blieb stehen.

Mir war, als würde mir das Verlangen nach ihm die Haut vom Leib reißen, so sehr wurde mein Körper von seinem Körper angezogen. Ich ging auf ihn zu, doch er erstarrte und sagte: »Nicht gleich«, sagte noch einmal, leiser: »Nicht gleich …« Ich konnte mich nicht erinnern, dass seine Stimme so warm war, so fest und so tief.

Er ging zum Fenster neben dem Tisch, wo die Nachtlampe brannte. Ich dachte, er wolle mir etwas zu trinken anbieten. Doch er begann, sein Hemd aufzuknöpfen, von oben nach unten. Knopf für Knopf erschienen seine Haut und seine Haare in dem Spalt zwischen dem Stoff, so langsam, wie sich Lider beim Erwachen aus dem immer gleichen Traum öffnen.

Eine Tagesdecke aus blau moiriertem Satin bedeckte das Bett. Ich ging hinüber, ohne den Fluss zu überqueren, an dessen anderem Ufer er sich noch immer auszog. Ich sah, wie sein Oberkörper enthüllt wurde, sein Bauch, seine Schultern, seine Arme. Die Schönheit seines Fleisches, von dem ich so oft geträumt hatte. Weniger makellos als verheißungsvoll, die Schönheit einer schweren Frucht, die bald vom Baum fällt, die Schönheit des Duftes einer Frucht, die man sommers in einen warmen geschlossenen Raum gelegt hatte.

Er machte den Gürtel seiner Hose auf. Atemlos begann auch ich mich auszuziehen, ich musste mich beherrschen, nicht zu stöhnen. Der Anblick seines Körpers war für mich wie ein Pfahl, der in meinen Spalt gerammt und bis zu den Lungen hineingestoßen wird. Ich konnte mich kaum aufrecht halten.

Ich hob mein Kleid an und zog es schnell über den Kopf, um ihn nicht aus dem Blick zu verlieren. Wie konnte man so sehr lieben, wie ich ihn in diesem Moment liebte? Als ich das Kleid auf den Boden warf, war da sein Glied, halb steif; unter dem Vlies, zwischen seinen strammen Beinen, zeichnete sich seine Männlichkeit ab.

Das ist mein Mann, dachte ich. Er wird mein Mann sein. Das war so schön, so gut. Ich hätte am liebsten geweint. So lange hatte ich gewartet. So oft hatte ich die Hoffnung verloren, hatte Angst gehabt, das Leben, das uns voneinander fern hielt, würde uns endgültig trennen, bevor ich überhaupt seine Hand berühren könnte.

Ich nannte ihn bei seinem Namen. Er trat vor, schlug das Bett auf, bat mich, mich hinzulegen. Ich versuchte, ihn mit aufs Laken zu ziehen, aber er ließ nicht zu, dass ich ihn berührte.

»Morgen«, sagte er. »In der ersten Nacht darf man sich nicht berühren.«

Er holte Decken aus dem Schrank und legte sie auf den Boden neben das Bett; dort wollte er schlafen. Wenn er sich bewegte, roch ich seinen Duft, den Duft seines Körpers voller gekonnt unterdrückter Lust. Gerne hätte ich diesen Duft in meine Arme gezogen und geküsst.

Ich gab ihm ein Kissen, ich half ihm, sein behelfsmäßiges Lager aufzuschlagen, um mit ihm diesen langsamen Tanz des Rühr-mich-nicht-an zu tanzen. Ich hätte es so einrichten können, dass ich seine Haut streifte, doch ich achtete darauf, seinen Wunsch zu respektieren, während ich mich dicht neben ihm bewegte. Zwei glühende Kometen, die aufeinander zurasten, auch wenn sie von der Erde aus reglos wirkten, und die versuchten, leicht von ihrer Bahn abzuweichen, um die Lust ihres gegenseitigen Verlöschens hinauszuzögern.

Ich nahm die blaue Satindecke vom Bett und legte sie auf seine Decken, damit er eine weichere Unterlage hatte. Ich hätte mich gerne selbst in einen Überwurf verwandelt, damit er auf mir schlafen und seinen Körper in Liebesqualen drehen und winden könnte … ›Doch ich, mehr noch als dass Sie mir Liebesbeweise aus dem Reich des Geistes zukommen ließen, mehr noch als dass Sie mir liebend in die Unterwelt oder in das Leben danach folgten, wünschte ich, mit Ihnen eine rote Pflaumenblüte, eine Oleanderblüte zu werden. Auf dass die Schmetterlinge, die den Blütenstaub sammeln, uns vereinen‹, sagte ein Dichter.

Auf dem Bett sitzend, zog ich mich langsam nackt aus – Büstenhalter, Höschen, Schuhe, Strümpfe. Er kauerte zu meinen Füßen, sein Gesicht auf der Höhe meines Bauchs, ganz nah. Er war erregt. Aber er wollte nicht, dass ich ihn streichelte, wollte sich auch selbst nicht streicheln, auch mich nicht streicheln. Er ging zum Lichtschalter, und all sein verbotenes und unerträglich verführerisches Fleisch bewegte sich durch die Dunkelheit und kam nicht zu mir.

Nicht in der ersten Nacht … Ich zog das Laken über meinen nackten Körper, rollte mich zusammen und versuchte zu schlafen. Ich starrte in die Dunkelheit. Warum blickt man in die Nacht, wo es nichts zu sehen gibt und, selbst wenn es ein tolles Spektakel gäbe, man nur das sieht, was sich hinter den Pupillen bewegt? Doch auch in schwärzester Nacht gibt es ein Licht, es kommt wie ein ferner Reflex aus unseren Pupillen, und bestimmt warten unsere offenen Augen nur darauf.

Ich hörte ihn atmen, ich hielt meinen eigenen Atem an, um ihn besser zu hören. Auch er wand sich auf seinem Lager. Mir war heiß. Mit Händen und Füßen schob ich das Laken ans Fußende. Ich begann aufzubegehren und mir Worte zurechtzulegen, ich wollte eine Erklärung. Er war nicht impotent, das hatte ich gesehen. Also?

Mein Aufbegehren und meine Worte verflüchtigten

sich im unendlichen Raum meiner Liebe, kaum hatte ich sie gebildet, sie glitten auf dem Seil meines gespannten Begehrens dahin, gespannt zwischen meinen Beinen wie ein Phallus, der auf ihn, der sich zu meinen Füßen quälte, einen ständigen Fluss von Phantasien richtete.

Zusammengerollt wie ein Jagdhund, begann ich regelmäßig zu atmen, als ob ich schliefe, und ließ meinen Hintern über ihm aus dem Bett hängen.

Ich bot ihm meinen Hintern dar, meinen Rücken, dort, wo er sich teilt und anschwillt und zur quälenden Freude der Männer zwei Kissen bildet, wo sie einen Hohlweg für ihre Liebeswaffe spüren. Mit dem langen Atem der Schlafenden ließ ich meinen Hintern sein Licht schenken, seinen Schatten spenden, ich tat es aus Liebe, er verstand es aus Liebe, und ich glaube, er schlief ein.

Nun hörte ich ihn, den Atem des Schlafenden, seinen Atem, den ich auf meinem Hintern zu spüren meinte, und nun fühlte ich mich so wohl, dass ich mich nicht mehr bemühen musste einzuschlafen, sondern von selbst einschlief.

Das war unsere erste Liebesnacht, sein Atem auf meinem Fleisch, sein ruhiger Atem, der bis dorthin aufstieg, wo ich am meisten Fleisch habe, und mein ruhiges Fleisch, das dort oben zart und treu über ihn wachte.

ZWEITE NACHT

Wieder ging ich hin, wieder trat ich durch die Tür des Hotels, die Tür meines unberührten und liederlichen Mannes.

Ich war ein paar Minuten zu früh. Ich setzte mich in die Bar und zündete eine Zigarette an. Ich spürte einen Blick auf meinen übergeschlagenen Beinen und merkte, dass ich nicht alleine war. An einem Tisch ganz hinten unterhielt sich ein junges Paar ernst und in gedämpftem Ton. Ich sah, dass sie lebten; das gab mir einen Stich ins Herz.

Ich drehte den Kopf, blies den Rauch auf die andere Seite. Wegen der Zigarette fühlte ich mich leicht schwindelig. Ich drückte sie aus, suchte in meiner Tasche nach einem Pfefferminzbonbon, das ich lutschte, dann zerbiss. Ich stand auf und ging nach oben.

Er öffnete mir, und am liebsten hätte ich aufgeschrien vor Freude. Ich hatte Angst gehabt, er würde nicht zu unserer Verabredung kommen.

Wir gingen aufeinander zu, ich weiß nicht, wie lange es dauerte. Wir umschlangen uns, umarmten uns.

Drückten uns aneinander, Mund auf Mund, Zungen verwoben, ich reckte den Kopf nach ihm, er beugte den Kopf nach mir, noch mehr, noch ein bisschen mehr.

Er half mir aus dem Regenmantel, und aus einem Impuls heraus nahm ich seine Hand, wie ein Kind. Ich hatte Lust, sie zu küssen, aber ich traute mich nicht und ließ sie los.

Auf dem Tisch stand ein Kühler mit einer Flasche Champagner. Er schenkte ein. Ich lächelte so sehr, dass der Alkohol mir aus den Mundwinkeln lief. Warum trinkt man, wenn man schon trunken ist?

Doch wir tranken nicht viel, wieder umarmten wir uns. Seine Hände auf meinem Rücken, meinem Nacken, meiner Taille, meine Hände auf seinen Schultern, seinem Oberkörper. Von der Gürtellinie aufwärts waren wir aneinander geschweißt, aber darunter, ohne zu begreifen, warum, kämpfte ich vergeblich darum, meinen Bauch an seinen Schoß zu drücken. Am Ende ritt ich auf seinem Bein, das ich zwischen meine Beine klemmte, in einer Glut, die jeden Moment heißer brannte.

Mein Mund voll von seinem, stumm vor Glück, gab ich mich dem Orgasmus hin, den ich kommen spürte. Doch er schob mich weg, zog seinen Schenkel und seine Zunge zurück. »Nicht gleich«, flüsterte er mir ins Ohr. Enttäuscht fragte ich, wieso, aber er antwortete nicht. Ich fand, ich müsse ihm sagen, dass ich mehrere Orgasmen haben kann. Dass ich es mir nicht bis zum Schluss »aufsparen« müsse.

Doch ich vergaß es gleich wieder und genoss weiter die Wonne seines Atems in meinem Ohr, seiner so nahen Stimme, so nah und durchdringend. Ich wollte, dass er nie wieder damit aufhörte, auch wenn es wäre, um mir zu sagen: Nicht gleich …

Wir halfen uns gegenseitig beim Ausziehen.

Wir haben den Spalt, aber sie haben die Wunde. Warum haben die Männer diesen unheilbaren Schmerz in sich, den sie mit Drogen und Gewalt lindern müssen?

Aber ich kenne meinen Mann, weil ich die Männer kenne, und ich werde ihm den Schmerz ganz zärtlich nehmen, fest an seine Brust gepresst. Wenn ich mich wieder aufrichte, wird sein salziges Blut noch von meinen Lippen rinnen, aber ich werde den Honig heraussaugen, werde seine Wunde mit dem Honig schließen, den er für mich gemacht hat.

Wir legten uns ins Bett. Heute galt die Spielregel, dass wir machen durften, was wir wollten, jedoch ohne zum Orgasmus zu kommen und ohne die Geschlechtsteile zu berühren, weder mit der Hand noch mit dem Mund.

Wir lagen auf der Seite und sahen uns an. ›Ich liebe Sie, Bestie.‹ Haare, Gesicht, dort streichelten wir uns zuerst. Ich wusste, dass er in derselben ewigen Glut entbrannt war wie ich, wir waren verrückt vor Liebe und verzehrten uns von Angesicht zu Angesicht in diesem Feuerbett so zärtlich, dass ich sterben wollte. Sein Ohr, seine Wangen, seine Nase, seine Lippen, seine Stirn ..., wo seine Seele und sein Leben zu lesen war und wie seine Seele das Leben durchwanderte. ›Und noch stehe ich voll Staunen unbeweglich da ..., und das Denken ist verstummt vor deiner Größe. Welche Verheißung liegt in dieser unermesslichen Ausdehnung?... Und wie viele poetische Träumereien werden ... geboren, wie viele wundervolle Gefühle macht man durch!‹, wie ein Dichter über Mütterchen Russland schrieb.

Wir betrachteten uns, dass ich sterben wollte, unsere Augen funkelten und strahlten, sachte berührten wir mit den Fingerspitzen unsere Gesichter und verbrannten zu Asche bis zu dem letzten Funken, aus dem man für sich und für den anderen wieder aufersteht. Tränen flossen.

Manchmal muss man tief in den Wald hineingehen und schreien, zum Himmel schreien.

Ich fing an. Ich kauerte mich hin und betrachtete seinen Körper, dieses phantastische Land aus Fleisch, das auf dem Bett lag, dargeboten und verboten. Ich legte meine Hände auf seinen Hals und ließ sie hinabwandern, ließ sie über seine Haut spazieren, von oben nach unten und von unten nach oben, einmal rieb ich ihn, dann kratzte ich ihn und bewegte mich lange um seine Scham herum, die ich nicht berühren durfte.

Ich legte meinen Kopf auf seinen Bauch, gleich neben sein geschwollenes Glied, um den Duft einzusaugen, den es verströmte.

Es war so schön und so ergreifend … Aus dieser Nähe sah ich es ein bisschen verschwommen, fast doppelt … Mein Ohr, das ich an seinen Bauch drückte wie an eine Riesenmuschel, trug mich in eine Welt aus Gischt, und meine Finger neben seinen Schamhaaren hätten am liebsten im Sand gewühlt, meine Augen hätten sich am liebsten geschlossen.

Warum gehen wir nie bis zum Ende? Weil wir sterben wollen und doch nicht sterben wollen. Und wenn wir tot sind, sind wir nicht tot, selbst dieses Ziel erreichen wir nicht. Zu Staub geworden, würde ich emporsteigen und immer weiterwandern auf der Suche nach meiner Liebe, würde in der Sonne tanzen und über den Himmel schweben, immer noch entbrannt für den, den ich liebe.

Erschöpft vor Lust, schloss ich die Augen und schlief mit dem Kopf auf seinem Bauch ein. Ein paar Augenblicke, ein paar Minuten, aber wer misst in solchen Momenten schon die Zeit? Ich hatte einen Traum, einen Traum, in dem ich lachte, so lachte, dass ich stöhnend erwachte.

Er fasste mich am Nacken, und ich zog mich von diesem Ufer zurück. Ich wanderte wieder an ihm hinauf, rieb meine Nase an seinem breiten Oberkörper, leckte über seine Haare, saugte, und dann war ich so erregt, dass ich mich über sein Gesicht hockte, mich an der Wand abstützte, meine Beine weit spreizte und ihm zeigte, was er mir antat, wie nass ich seinetwegen war.

Im tiefen Wald gibt es Hexen, sie machen Hexensabbat und lecken dem Teufel den Arsch. Da sind Faune und Satyrn und Nymphen, die sie vögeln. Da ist ein Bach mit Schlangen auf dem Grund, sie ziehen die Männer hinunter und lutschen ihnen den Schwanz. Da ist was los, in meinem tiefen Wald, und der Arsch des Teufels schmeckt gut. Aber ich darf nicht. Darf nicht heute Nacht.

»Komm«, sagte er.

Wir gingen ins Bad, er pinkelte. Ich mag dieses Geräusch, denn es kommt von ihm, wie eine Fontäne aus prasselnden goldenen Steinchen.

Auch ich pinkelte. Es war fast wie ein Orgasmus. Die letzten zufriedenen Tropfen klangen wie Klaviertöne.

Ich saß da und sah ihn, der mich ansah, an und bekam fast Angst vor ihm. Wie kann eine kleine Frau solche Spiele mit einem großen Mann spielen, einem Mann, der so stark ist, dass er sie töten könnte, wenn er wollte?

Ich stand auf und nahm seine Hand, ich kniete mich hin, küsste seine Finger, und meine Stimme zitterte, als ich sagte: »Ich liebe dich, ich liebe dich so.«

Ich ließ ihn los, doch ich hielt den Blick gesenkt, ich wagte nicht, mich aufzurichten.

Er hob mich auf und trug mich zum Bett. Ich war stolz wie eine Königin. In seinen Armen war mir, als würde ich mich auflösen, ich hatte keinen Körper mehr, ich war eine Seele aus Fleisch, ich liebte ihn überall zugleich, und er war mein Herr; ich, Herrin meiner selbst, machte ihn mir zum Herrn und zum Diener, denn er würde sich jetzt um mich kümmern.

Jetzt hätte ich gewollt, dass er mich anpinkelte. Hätte ihn anpinkeln wollen. Was geschieht, wenn man keinen Orgasmus hat? Man wird verrückt. »Pinkle mich an«, sagte ich. »Pinkle mich voll.« Er hatte mich aufs Bett gelegt, ich richtete mich auf, zerkratzte ihm die Brust, schlug mit den Fäusten auf ihn ein. »Los! Mach was mit mir!« Er packte mich an den Handgelenken und sagte kühl: »Wenn ich will.« Wir sahen uns an, alles wurde schwarz.

Er ließ mich los; ich sagte, mir sei kalt, und zog mein Kleid über. Er zog Hemd und Unterhose an. Am liebsten wäre ich abgehauen, doch ich merkte, dass es auf der anderen Seite des Lichts auch gut war. Es überkam meinen Körper wie eine dunkle Wolke. Und das war gut. Das war verführerisch.

Er reichte mir ein Glas Champagner. Ich steckte eine Zigarette an, wir tranken die ganze Flasche. Ich saß auf der Bettkante, er im Sessel. Ich liebte ihn wieder, ich hatte eine wilde Lust, ihm zu sagen, dass ich ihn liebte, aber ich war wütend, weil ich ihn so sehr liebte.

Er machte die Minibar auf, holte ein Fläschchen Whisky heraus. Er reichte es mir, ich nahm einen Schluck, gab es zurück, er schlürfte. Ich bat ihn, mir seinen Schwanz zu zeigen.

Er lachte. Aber er tat es. Ich sagte, er solle seine Unterhose ganz ausziehen und auch sein Hemd, das meinen Blick behinderte. Ich sagte, er solle die Beine auf die Armlehnen legen, damit ich besser sehen könnte. Ich stand vom Bett auf und kroch auf allen vieren zu ihm. Ich schob meinen Kopf ganz in seine Grätsche und schnüffelte. Ich sagte, wir würden jetzt Hund spielen. Wir würden auf allen vieren kriechen, und er solle an meinem Arsch schnüffeln. Ich schob mein Kleid über den Hintern, und so krochen wir herum.

Es gab nicht viel Platz im Zimmer. Ich ging ins Bad, er immer noch hinter mir. Ich musste pissen von dem vielen Champagner. Ich pisste so, auf allen vieren, auf die Kacheln. Dann kroch ich weiter, damit er durch meine Pisse krabbeln musste.

Er hob mich auf und trug mich ins Zimmer. Ich hielt mich an seinem Hals fest und sagte ihm tausend zärtliche Worte. Er legte mich aufs Bett, er umarmte mich.

Er küsste meinen Mund, meinen Hals, meine Brüste, den Bauch, die Schenkel, die Füße. Ich sagte zärtliche

Worte, ich freute mich so. Er drehte mich um und küsste auch meine andere Seite. »Beiß mich«, sagte ich, als er an meinem Hintern angekommen war. Ich bat ihn auch, mich auf den Hintern zu schlagen, mir in den Nacken zu beißen. Ich musste einfach ein wenig den Brand vergessen, dort, wo er mich nicht berühren durfte.

Wieder drehte er mich um, spreizte meine Beine und leckte die Innenseiten meiner Schenkel, dort, wo er es noch durfte. Ich durfte zwar nicht, aber ich hatte trotzdem einen Orgasmus, einfach so. Gleich darauf lachte ich, er auch, er lachte mit mir.

Das war unsere zweite Liebesnacht. Um nicht in Versuchung zu kommen, zogen wir uns an und redeten den Rest der Nacht, tranken weiter und lachten.

DRITTE NACHT

Bevor ich ging, hatte ich ihn gefragt, wie die Spielregeln für diese Nacht wären. Diesmal dürften wir uns überall berühren, aber nur mit den Händen, und wir dürften nicht zum Orgasmus kommen. Ich versuchte zu verhandeln, ihm klar zu machen, dass es schon eine ausreichende Einschränkung sei, wenn man nur masturbieren dürfe. Aber er blieb seinen Prinzipien treu. Ab der vierten Nacht dürften wir zum Orgasmus kommen, doch es sei wichtig, sich einer gewissen Disziplin zu unterziehen, um die Phantasie anzuregen. »Ich will deine Seele sehen«, hatte er gesagt.

Am Abend nahm ich ein Bad, streichelte mich im Wasser und dachte, dass er das wohl auch tat, um die Nächte besser durchzustehen. Ich hätte ihn gern gesehen, gern dabei gesehen ... Mein Gott, wie sehr ich ihn liebte, wie sehr ich ihn glücklich machen wollte. Ich wollte, dass er es den ganzen Tag machte, dass er sich selbst den ganzen Tag lang glücklich machte.

Ich war eine gute Stunde zu früh im Hotel. Ich wollte ihn kommen sehen. Ich ging in die Bar. Alle Tische waren besetzt. Männer in Anzug und Krawatte, offensichtlich Manager auf Geschäftsreise. Ich wollte schon wieder gehen, da winkte mir am hinteren Tisch eine Frau zu, die einzige Frau im Raum.

Ich ging zu ihr. Eine elegante Brünette, groß und kräftig, sehr heiter, ungefähr dreißig. Sie bot mir einen Platz an ihrem Tisch an, ich setzte mich. Sie ließ mich ihren Cocktail kosten, ich bestellte den gleichen. Sie sagte, sie freue sich, dass ich da sei, unter all diesen kleinen Arschlöchern hätte sie fast schon schlechte Laune bekommen. Auch ich war froh, sie war wirklich amüsant.

Sie stellte mir Fragen und kam vom Hundertsten ins Tausendste. Ich antwortete irgendwas, es war ganz egal. Sie sah mich an. Ihr Blick war selbstsicher, ihr Mund sinnlich.

Sie schlug mir vor, in ihrem Zimmer etwas zu trinken, dort hätten wir unsere Ruhe. Ich sagte, ich träfe mich um Mitternacht mit meinem Geliebten. Es tat mir gut zu sagen: »mein Geliebter«. Mein Geliebter, dieser Mann ist mein Geliebter …

Sie bestellte noch zwei Cocktails, und wir gingen mit unseren Gläsern in den vierten Stock hinauf. Wir legten uns aufs Bett und setzten unsere Unterhaltung fort. Sie wollte alles über meinen Geliebten wissen. Ich erzählte ihr alles.

Sie kam näher, streichelte mein Haar. Sie sagte, ich sei schön, und dieser Mann sei wirklich blöd, wenn er mich nicht zum Orgasmus brachte. Ich weinte, weil ich fand, sie hatte Recht, das war eine komische Geschichte. Sie küsste mich.

Ich gab mich hin. Was heißt »hingeben«? Worte sind Abgründe, und an der Kante des Abgrunds ist eine Rutsche, die ich gerne hinabgleite, und ich gebe mich gerne hin. Würde man über jedes Wort, das man sagt, nachdenken, würde auf der Welt große Stille herrschen. Doch die Stille ist da, und ich lausche ihr gerne, gebe mich ihr gerne hin.

Mit ihrem schweren Körper lag sie halb auf mir. Ich weinte immer noch, aber das war gut so. Sie küsste mich weiter, mit viel Kraft in der Zunge, ihre Hand schob sich unter mein Kleid, ihre Finger wühlten in meinem Höschen. Ich spürte ihre Nägel, ihre langen künstlichen, blauen Nägel. Sie zog mir das Höschen aus, spreizte meine Beine und brachte mich zum Orgasmus, mit ihren Fingern mit den langen Nägeln und mit ihrer muskulösen Zunge.

Ich brauchte keine drei Minuten, das brachte sie zum Lachen. Sie sagte, ich sei eine Schnelle, und ich sagte, sie sei Expertin. Ich fragte sie, ob sie sich auf Männer auch so gut verstehe, aber sie zog ein Gesicht. Ich fragte sie trotzdem, ob sie nicht mitkommen wolle, um mich im letzten Moment zu ersetzen und ihn an meiner Stelle zum Orgasmus zu bringen. Am Ende fand sie es lustig und war einverstanden. Fröhlich zogen wir unsere Lippen nach und gingen in den fünften Stock.

Doch nichts von alldem ist passiert, ich dachte mir das nur aus, während ich in der Bar saß, mit diesem tollen, kräftigen Mädchen, das die ganze Zeit schwatzte, ohne dass ich hinhörte, weil ich dauernd in die Lobby blickte und hoffte, ihn kommen zu sehen.

Ich wollte ihn vorbeigehen sehen, auch heimlich, wollte ihn, meine Liebe, sehen, ohne dass er es wusste. Doch die Manager standen nacheinander auf und behinderten mit ihrem Hin und Her eine ganze Weile den Blick in die Lobby. Er wird wohl gekommen sein, ohne dass ich ihn gesehen habe. Oder er ist schon vor mir da gewesen. Jedenfalls war es nun Mitternacht, und ich hatte ihn nicht gesehen. Oder er war gar nicht gekommen …

Noch bevor ich ihn umarmte, berührte ich sein Glied in der Hose. Vor Glück schloss ich die Augen. Stehend berührten wir uns, ich schob meine Hand in seine Hose, er schob seine Hand in mein Höschen. Ich knetete ihn, er war noch schlaff, aber schon feucht, ich spürte seine geliebten Hände und fing an zu keuchen, doch als er merkte, dass ich kommen würde, zog er seine Hand zurück.

Ich machte seine Hose auf, ließ sie auf die Knöchel gleiten, ich kniete mich vor ihn, er war völlig steif. Ich betrachtete ihn, ich starb vor Lust, ihn zu küssen oder ihn zumindest mit der Zungenspitze zu schmecken, dort, an dem nackten Kopf mit der kleinen Träne, die im Spalt glitzerte. Ich nahm ihn in die rechte Hand und regte mich nicht mehr, bis ich spürte, dass er in meiner Hand wieder schlaff wurde, ein kleiner Frühlingsvogel, ganz jung und voll heimlicher Verheißungen. ›Wohin treibt uns das Verlangen‹, sagte ein Dichter … ›Aus dem Hause treibt es fort / Es lockte die Flöte, es lockte der frische Bach.‹

Ich richtete mich auf, wir küssten uns lange und fingen wieder an, uns zu berühren. Nun rieben wir uns ganz offen, kräftig. Kurz vor dem Höhepunkt hörten wir auf.

Er zog wieder seine Hose hoch, ich war traurig, seinen Schatz verschwinden zu sehen. Immer noch bauschte sich der Stoff. Mein Höschen ließ ich auf dem Boden liegen, strich aber mein Kleid glatt.

Wir tranken etwas, er sagte, er würde gerne wissen, was ich in meiner dunkelroten Wildledertasche hatte. Ich gab sie ihm. Er klappte die beiden Bügel auf, die nur einen einfachen Druckverschluss hatten, und holte eine kleinere schwarze Ledertasche mit Reißverschluss heraus.

Aus der großen Tasche nahm er einen Stoffbeutel, in dem zwei Tampons, eine Slipeinlage und zwei verpackte Binden steckten. Ein Heft und einen Kugelschreiber. Eine Dose mit Orange-Pfefferminz-Bonbons. Ein ausgeschaltetes Handy. Drei entwertete Metrokarten, zwei Kinokarten, die Eintrittskarte eines Museums, einen Metroplan, eine Sonnenbrille, eine goldene Pinzette, eine Schmuckschatulle aus Metall, die ich zu einem Zigarettenetui umfunktioniert hatte, ein kleines fuchsienrotes Plastikfeuerzeug.

Er öffnete die schwarze Ledertasche. Ein Pass, ein kleiner Geldbeutel, aus dem die Münzen in die Tasche gefallen waren, zwei Kreditkarten in Fächern, in denen auch noch andere Plastikkarten steckten, ein Bibliotheksausweis mit einem alten Foto, ein Ausweis ohne Foto, ein Lippenstift, ein schwarzer Kajal, ein Fettstift, ein Spiegel mit asiatischem Blumenmuster, ein Parfümpröbchen, ein Foto von ihm mit Lippenstiftspuren, eine Nagelschere, ein goldener Kamm, neue Metrokarten, ein Schlüsselbund.

Er nahm den Spiegel, die Schere und die Schlüssel. Er setzte mich in den Sessel, schob mein Kleid bis zum Bauch, spreizte meine Beine und legte sie auf die Armlehnen, wie er es selbst in der Nacht zuvor getan hatte. Er gab mir den Spiegel, sagte, ich solle meine Möse ansehen. Ich hielt den Spiegel zwischen meine Beine und sah zu.

Er schob einen Schlüssel hinein, aber mein Muskel zog sich gleich zusammen und drückte ihn heraus. Er schob noch einmal, und ich gab mir Mühe, ihn in mir zu behalten. Der Rest des Schlüsselbunds hing in der

Falte und kitzelte ein bisschen, aber ich beherrschte mich, nicht zu lachen und den Schlüssel nicht wieder zu verlieren.

Mit der Nagelschere schnitt er meine Schamhaare. Der funkelnde Stahl an meinem nackten Fleisch fühlte sich so gut an, es knisterte so schön, dass ich langsam zu keuchen begann und den Schlüssel mehrmals herausdrückte.

Er schnitt nur die Haare an den Schamlippen, eins nach dem anderen. Ich gab es bald auf, die Aktion im Spiegel zu verfolgen, aber immer wenn er den Schlüssel wieder einführte, spürte ich die Berührung mit den feinen scharfen Klingen, dem kalten, harten Stahl. Mir war, als würde ich jeden Moment kommen, aber irgendetwas hinderte mich daran. Ein Keil des Entsetzens, glatt und kalt wie ein Spiegel, schob sich unmerklich zwischen die Erregung und den Orgasmus und ließ dieses Gefühl in einem Maße ansteigen, das umso beängstigender war, weil es kein Ende nahm. Mein Atem ging immer schwerer, ich stöhnte leise, mir drehte sich der Kopf.

Dann ließ die Marter nach. Ich hatte den Kopf zurückgeworfen, die Augen geschlossen und roch ihn. Er war da, stand vor dem Sessel, nackt, steif. Ich nahm ihn in die Hand und rieb ihn.

Mein Gott, was für ein tolles Gerät! Ich dachte: Mein ganzes Leben lang werde ich dieses junge Mädchen sein, das von der Mechanik der Männer fasziniert ist wie am ersten Tag, da ich so ein Ding in Händen hielt. Die unsägliche Verblüffung, die mich beim ersten Mal in Anbetracht der Verwandlungsmöglichkeiten des männlichen Geschlechts gepackt hatte, ist grenzenlos, grenzenlos die Faszination ... Sie ist unendlich, unendlich ... Unendlich auch meine Dankbarkeit für den Mann, den ich liebe und der mir dies schenkt, der dies zum Funktionieren bringt ... Unendlich meine Liebe ...

Mit der linken Hand rieb ich ihn zwischen den Beinen, mit der rechten spielte ich so lange wie möglich mit seiner und meiner Erregung, ich variierte Rhythmus und Druck, wechselte Phasen der Leidenschaft mit Phasen der Ruhe ab. Ich rieb ihn, bis er so hart wurde, dass er röchelnd und schon mit verzerrtem Gesicht mein Handgelenk packte, meine Hand wegzog und seine Ejakulation mit größter Willensanstrengung zurückhielt.

Er hob mich hoch und trug mich zum Bett. Ich zitterte immer noch, außer mir vor Liebe. Wir zogen uns ganz aus, deckten uns zu und redeten stundenlang, lachten, küssten, streichelten uns immer wieder zärtlich. Ich erzählte ihm, was ich gemacht hatte, während ich auf ihn gewartet hatte, erzählte ihm von meiner Phantasie mit der großen Brünetten, von meiner Idee, dass sie ihm an meiner Stelle einen Orgasmus schenken könnte.

Wir schliefen eng umschlungen ein, es war fast schon Tag. Das war unsere dritte Nacht, in der wir gelernt hatten, unserem Orgasmus immer näher zu kommen, einander immer näher zu kommen.

VIERTE NACHT

Meine Liebe, nun ist also die mittlere Nacht gekommen. Zur ersehnten Stunde, der Stunde der Entscheidung und des Orgasmus, zur so ersehnten Stunde ... Dunkle Stunde in der Mitte unseres Lebens, da wir das Licht sehen werden ... Licht, Stimme ... Warm, fest und tief, deine Stimme in deiner hohlen Hand, die das Licht sucht, deine Stimme, die geht, läuft, sich antwortet, abgehackt, dann schwallartig, die hört und sich antwortet, hier ist deine Stimme in deiner Hand, sie springt und hüpft, das Blut schießt, die Haut spannt, die verhärtete Welt wird glatt und gleitet verstohlen durch das Gitter des Körpers, und in deiner Hand spürst du deine Stimme kommen, deine wahre Stimme, und sie zuckt und wird herausgeschleudert, schleudert ihr Licht heraus ...

Perlen, Lichtperlen an meinem Hals, ich will, dass du mich würgst.

Die Hand, die schreibt, ist dieselbe, die auch reibt, ich schreibe dir, hier in meinem Bett, und warte auf die Nacht in der Mitte unseres Lebens.

Meine Liebe, nun ist die Stunde gekommen, da wir

uns verlieren und wiederfinden werden. Nimm deinen Schwanz und würge mich. Warm, fest und tief, mein Liebesfleisch, ganz umhüllt von Seele …

Deine kleine Schlampe, auf die du wartest, ist da, Paradies, ich bin da, mit meinen Fingern, deine Hand bin ich, ich bin da, wo du mich erwartest, wo du mich nicht erwartest. Die Zeit ist unendlich in meinen Fingern, unendliche Zuckungen, ich bin dein Samenstrahl, dein Licht, ich bin dein Schweigen, ich bin du, ich dringe in dich ein, ich bin deine Stimme, die in mich eindringt und dir antwortet.

Aus der Mitte kommt sie, der Mitte des Lichts, der Mitte des dunklen Waldes

dort, wo die Nacht am tiefsten ist, ist der Tag am nächsten

ich bin da, ich bin da, deine kleine Schlampenmama ist da

ich bin deine Freude, deine kleine Schlampe, die nichts lieber mag, als dich zu reiben, nichts lieber mag, als dass du dich reibst, nichts lieber mag, als sich an dir zu reiben

komm, mein Einziger, ich bin deine Einzige, komm langsam und morde mich, wenn es das ist, was du willst, komm, töte deine Schlampenmutter, die dich nie genug lieben wird, komm, Papa, komm und sieh, wie deine kleine Heilige zum Höhepunkt kommt, voller Nacht das Feuer im Arsch voller schwarzer Flammen oh, alles kommt von so fern, der Höhepunkt und die Verweigerung des Höhepunkts, Schattenheere im Gedächtnis des Blutes, im Muskel und im Fett, in der Form der Knochen und der gewundenen Hirnmasse, Religionen, von Generationen bis zur Neige getrunken, aus der Welt der Vorstellungen, die nur Vorstellungen von der Welt sind, während die Welt da ist, Licht und Stimme für den, der sie als solches sehen und hören will

wo, glaubst du, muss man hindurch, um aus der Hölle herauszukommen

wenn man da hindurchmuss, mit dem schwarzen Wort, ich sage es mit deiner Stimme

warm, fest und tief

Mörderin

ich bin der Mörderspalt, reiben wir uns, ich werde deinen Vater töten, der deine Mutter nicht genug liebte, ich werde meine Mutter töten, die meinen Vater nicht genug liebte, reiben wir uns

mein Vater wird deine Mutter vögeln dein Vater wird meine Mutter vögeln reiben wir uns reiben wir uns und wir werden Bruder und Schwester sein

und wir ich liebe dich ich liebe dich

vergiss all das kleiner Bruder

vergiss und vergiss nicht die stumme Kindheit in der großen Lüge die geblendete Kindheit

wo die Nacht tief wird ich liebe dich wo der Tag kommt ich liebe dich überall ich liebe dich mir tut alles weh so sehr liebe ich dich

ich liebe dich es gebricht mir an der ganzen Welt so sehr liebe ich dich

meine Liebe mein Engel kitzle mich mit deinen Federn

meine Liebe unsere Finger ineinander verschlungen bis in alle Ewigkeit Halbbruder Halbschwester wir haben Flügel wir kitzeln uns mit unseren Flügeln wir fliegen mit unseren Flügeln

Pech für die Perversen Pech für die Schlechten sie werden uns nicht bekommen

wir fliegen über alles hinweg wir fliegen so sehr liebe ich dich ich kenne den ganzen Himmel

töte mich töte mich sieh ich töte dich

wir töten uns in vollem Fluge

schwarze Sonne Mittag kommt der Mittagswind Ausrufezeichen Punkt Null des Orgasmus das war's es wird kommen ich sehe dich meine Liebe ich höre dich

auf dem Kopf stehend bin ich dein Ausrufezeichen ich bin dein Samenstrahl mich schwindelt du rinnst zwischen meinen Beinen hinab

alles ist verkehrt herum auf der anderen Seite dort wo ich aus Stein bin dort wo ich für dich bin

meine gewaltige meine so gewaltige Liebe für dich habe ich den Wind und den Gesang der Vögel geschliffen

ich habe mich in Haut aus weißem Papier gekleidet

für dich ziehe ich jeden Tag ein Labyrinth aus Schritten durch den Garten

für dich, meine junge, meine fröhliche, meine anbetungswürdige, meine so heftige Liebe, für dich, mein Bogen

jeden Tag lege ich Worte in dein Bett

ich warte auf unsere mittlere Nacht.

Es regnete an diesem Abend. Ich ging zu Fuß, barhäuptig im Regen über nasse Gehwege. Ich war tausend Jahre alt und mein Geliebter zweitausend, ich zehntausend Jahre und er zehn. Der Regen prasselte, der Regen, der lacht, der Regen, der weint. Ich hatte meinen Brief in der Tasche, nicht um ihn ihm zu zeigen, sondern um einen Freund zu haben, der mich begleitet.

Der Tag, an dem man zusammen zum Höhepunkt kommt, wenn man sich liebt, ist wie der Tag, an dem man einander sagt, ich liebe dich. Wenn die Zeit ein Halm ist, ist er eine Blüte, die sie treibt, und wenn man im Garten bleibt, sieht man sie vielleicht erblühen und schenkt sie sich. Der Tag, an dem man zusammen zum Höhepunkt kommt, füllt die Sätze mit »wenn«; nach dem Wenn kommt die Unendlichkeit. Und ich, genauso feucht wie die spannungsgeladene Stadt, ging schnell und sang.

Es war Mitternacht vorbei, als ich ankam. Ich sah mich nicht um, ich ging hinauf.

Ich lehnte mich an die Kissen, Beine gespreizt, er auf den Fersen vor mir. Das war das Spiel, das Spiel dieser Nacht. Mein Mann kennt die Spiele. Er ist geschmeidig, wendig und klug wie ein Delphin. Ich spielte bis dahin immer wie ein Kind, er spielt wie ein Gott. Nun frage ich mich: Wie kann man als Mann leben, ohne wie ein Gott zu spielen? Manchmal bin ich ungeschickt, aber ich liebe ihn wie verrückt, und ich wünsche mir, dass er mir verzeiht.

Wir haben gespielt, jeder für sich, jeder für den anderen, mit unseren Augen und auch mit unseren Stimmen.

»Sag mir, was du siehst.«

»Oh, ›der Turm Saint-Jacques schwankt wie eine Sonnenblume‹, sagte ein Dichter. Deinen geliebten Schwanz, deine geliebten Eier, deine geliebte Hand, die auf und ab streicht.«

»Was noch?«

»Deine Augen, die mich ansehen, die hinauf und hinab wandern, die sehen, wie ich scharf werde, wie ich mit dir spreche.«

»Was noch?«

»Deine Schenkel, wo ich meinen Kopf betten will … Deinen Körper, den ich anbete … Deinen Kopf, den ich fressen könnte …«

»Was noch?«

»Ich sehe, dass du erregt bist … Dass ich dich liebe … So sehr …«

»Was noch?«

»Dass du mich liebst … Was das mit mir macht … O mein Engel! Ich liebe es, wenn du es tust! Es ist zu schön, ich könnte es die ganze Zeit sehen. Es sieht mich an, es sieht mich an, genau mich sieht es an. Sieh, sieh doch nur, was das mit mir macht.«

»Ja, ich sehe dich an … Sehe dich durch meine Finger hindurch an …, so sehr …«

»Ich sehe dich auch an, mir brennen die Augen, so sehr sehe ich dich an! So sehr liebe ich deinen Schwanz, so so so sehr, ich werde so sehr kommen …«

»Das ist gut, meine Schöne. Was hast du noch für mich?«

»Ich fange wieder von vorne an …«

»Und was noch?«

»Ich gebe mich dir hin.«

»Du gibst dich mir hin?«

»Ich gebe dir alles. Den Himmel gebe ich dir. Ich nehme ihn dir, ich gebe ihn dir. Meine Träume und meine Tagträume, all meine Phantasien gebe ich dir. Meinen Körper gebe ich dir. All meine Löcher, meine Möse, meinen Arsch, meinen Mund … Und meine Augen, meine Nasenlöcher, meine Ohren gebe ich dir. Auch wenn du mich überall stopfst, finde ich immer noch hinaus, dort, wo die Seele herauskommt, um dir

Liebesgefühle einzuhauchen … Meine Füße gebe ich dir, damit du darauf gehen kannst … Mein Leben, das für dich rast, damit du darin scharf wirst … Meinen Mund, der mit dir spricht, damit du dadurch scharf wirst … Ich gebe dir meine Angst vor dir … Mein Herz, das vor Lust blutet, mein Herz, das vor Kummer blutet, ist für dich … Und auch meine Hand … Ich nehme sie dir, ich gebe sie dir …«

»Was noch?«

»Mein Geheimnis.«

»Was noch?«

»Dein Geheimnis.«

»Was ist dein Geheimnis?«

»Dass ich dich liebe. Ich liebe dich mehr als alles andere auf der Welt.«

»Und meines?«

»Das Gleiche. Sterben wir?«

»Ich liebe dich.«

»Wir werden zum Höhepunkt kommen …«

Das war unsere mittlere Nacht, unsere vierte Nacht. Nebeneinander, nacheinander, füreinander, miteinander sprachen wir so viel wie möglich, wir blieben zusammen, bis zu dem Moment, da ein jeder auf dem Höhepunkt der Lust wie immer von seiner größten Einsamkeit mitgerissen wurde.

FÜNFTE NACHT

Ich muss mit dir reden, Leser. Glaubst du meine Geschichte? Es ist die wahre Geschichte eines Mannes und einer Frau, die lange miteinander sprachen, so lange miteinander sprachen, dass sie vor Liebe verrückt wurden. Hörst du? Ich mache Musik, um es dir zu sagen, denn so war es, es war eine Musik, zu der ich mich wiegte, und du hörst mich oft, zum Beispiel jetzt, schreibend auf meiner Bettkante, ich wiege mich, wie sich Verrückte wiegen.

Ich sage dir, Leser, die Liebe, die die Sonne und die anderen Sterne bewegt, das heißt das, was den poetischen Gedanken hervorbringt, der dich das Licht duzen und dich in der Zeit zum Höhepunkt kommen lässt, diese Liebe macht dich verrückt, und wenn du verrückt bist vor Liebe, musst du Worte zu einer Schaukel flechten, zu einer Schaukel, einer Schaukel … Ich sage nicht, um dich zu reiben, wie man sich beim Sex reibt, aber um dich dennoch zu reiben, ja, um die Leere zu reiben.

So bin ich nun allein, Leser, alles ist still, und ich wiege mich auf meiner Bettkante, halb nackt, nur halb, denn die Lust zu schreiben hat mich auf einmal gepackt, und alles, was ich sagen will, ist, dass man meine Geschichte nicht beim Wort nehmen soll, sondern bei ihrem Gedanken.

Wen liebe ich? Ich liebe den, den ich liebe, den ich liebte, lieben werde. Wen ich liebe, ist eine Spirale in der Zeit, sie hat kein Ende, auch ich nicht, die ich ihn liebe. Und alles, was ich sagen will, ist, dass es nur die Liebe gibt.

Der Tag der fünften Nacht kam – sofern der Tag vor der Nacht kommt. Das glaubt man, wenn man aufsteht und sich bereit macht, seinen Tag auszufüllen, doch in Wahrheit ist die Nacht zuerst da, sonst gäbe es kein Morgenrot.

In der Dämmerung wehte der Wind, ich erinnere mich. Manchmal verblasst selbst das Bild dessen, den ich liebe, ist das nicht komisch? Aber die Erinnerung an den Wind verblasst nicht. Manchmal fragt man sich, wen man liebt, diese oder jene Person. Oder auch welche Person in dieser Person. Niemanden vielleicht, niemanden als den Wind, der in ihr weht ...

Ein Wind, eine Stimme, warm, fest und tief, diese Stimme oder eine andere, dieser Takt oder ein anderer, diese Melodie, dieses Davonfliegen und wie diese Musik davonfliegt, diese Gestalt, diese Bewegung und wie sich diese Gestalt bewegt ... Dieser Gesang, dieser Duft, dieser Tanz und wie dieses Fleisch träumt ...

Es ist ein Irrtum zu glauben, dass Liebe sich psychologisch oder gar psychoanalytisch erklären lasse, dass sie sich in einer festen Form in die Lebenszeit einschreibe. Dorthinein wird Zuneigung gepfropft, und dort sprießen die Kriege. Doch die wahre Liebe ist eine Frage der Kunst, es ist die Person als Kunstwerk, Gottes Werk, wenn man so will, die möglicherweise lieben kann und die wirklich geliebt werden kann.

Und die Kunst ruht nicht, ihr Objekt zu zerstören, um es in ewigen Lebensquell zu verwandeln. Die Kunst ist der Wind, der weht, reinigt und vorbeizieht, und so ist das Objekt der Liebe im Grunde nicht fassbar und dennoch ewig während durch die Ewigkeit der Liebe selbst, begnadet von der Zeit, weil es geliebt wird.

Schon beim Aufwachen hatte ich beste Laune, denn ich erwachte aus einem Traum, wo wir uns zusammen auf einem Balkon schwebend einem erhebend sinnlichen und luftigen Tanz hingaben, danach küssten wir uns so feurig, so wollüstig, dass wir in der Unterwäsche zum Höhepunkt kamen, ohne uns anders zu berühren als durch den Druck unserer eng umschlungenen Körper.

Bevor ich nach Hause ging, spazierte ich, immer noch ganz fröhlich, lange durch Straßen und über Plätze, durch Parks und Anlagen, die Frühlingssonne schien in alle Winkel; alle Jungen, alle Männer, an denen ich vorbeiging, bewunderten mich, und ich bewunderte sie, mein schneller, geschmeidiger Gang war eine Art, ihnen zu sagen: »Oh, kommen wir!«, und genau das hörten sie auch; ich traf auch ein junges Mädchen, das ganz in Gedanken versunken war, und über ihr leicht gesenktes Gesicht sah man ihre Freude fließen wie Wasser, o ja, sie war verliebt, sie schwebte durch ihr Reich, ich hätte mir gewünscht, dass mein Geliebter sie sähe, ich dachte intensiv an ihn, gerne hätte ich sie ihm gezeigt und gesagt: Das bin ich.

Am Abend frischte der Wind auf, und ich stieg empor wie eine heiße Luftsäule in der verheißenen Freude, der verheißenen Freude dieser nächsten Nacht.

In dieser Nacht durften wir alles, nur durfte sein Glied nicht in meinen Schoß eindringen. Ich sagte ihm, ich wolle mich zum Dank liebevoll um ihn kümmern, weil er mir in der letzten Nacht einen Orgasmus geschenkt hatte. Nachdem ich mich nackt ausgezogen hatte, ließ ich ihn sich bequem in den Sessel setzen.

Ich brachte ihm ein Glas, doch bevor ich ihn trinken ließ, reizte ich ihn ein bisschen, indem ich ihn küsste und seinen Schwanz in der Hose berührte. Während er trank, bewegte ich mich durch das Zimmer, ich schlug das Bett auf, ging ins Bad, öffnete das Fenster und lehnte mich kurz hinaus, um die frische Luft auf meiner nervösen Haut zu spüren …

Dann kam der Moment, da ich ihn auszog und aufs Bett legte. Erst kniete ich mich hin, band seine Schuhe auf und zog ihm die Socken aus. O mein Gott, mein Gott, wie erregend seine Füße waren! Ich küsste sie mit Hingabe, seine Füße und seine Knöchel ..., im Gedenken an den Mathelehrer, auf den sich meine Phantasien bezogen, als ich in der achten Klasse war; wenn er saß, sah ich immer begierig seine von feinem Jersey umhüllten Knöchel und seine nackten Fesseln unter dem Hosensaum an – im Gedenken an ihn und als Hommage an die Schönheit der Männer erniedrigte ich mich lustvoll vor seinen Füßen, als Hommage auch an die unendliche Kraft meiner Liebe, als Hommage an den ganzen Körper meines Geliebten ...und meines Körpers, der alle Wonnen so zu schätzen und sich zu Eigen zu machen wusste ...

Ich zog ihn ruhig und ernst aus, legte die Kleider ordentlich auf die Stuhllehne. Ganz brav ließ er mich machen. Und als er dann splitternackt war, sagte ich: »Hopp, ins Bett!« Ich drehte ihn auf den Bauch und massierte mit Körpermilch, ein Pröbchen, das ich im Bad gefunden hatte, seinen Rücken vom Nacken an abwärts.

Ich setzte mich auf ihn und massierte ihn rechts und links der Wirbelsäule, von oben immer weiter nach unten, und versuchte, nicht zu schnell dort anzukommen, wohin ich so sehnsüchtig kommen wollte. Doch mir gefällt diese leicht liederliche Idee, so zu tun, als wüsste man nicht mal selbst, wohin man eigentlich will ...

Als ich am Hintern ankam, war nicht mehr genügend Lotion übrig, damit meine Hände gut über seine Haut glitten. Ich mischte den Rest mit Speichel, indem ich ihn bespuckte, und machte weiter. Das war kein kleiner Babypopo, das war richtige Arbeit, und es gefiel mir sehr. Ich spreizte seine Beine, damit ich mein Werk korrekt vollenden konnte. Ich spuckte ein paar Mal in seine Falte, das war nötig. Aus Perfektionismus hob ich sein Becken leicht an.

Jetzt sah ich alles. Alles, was dargeboten war, und alles, was da hing.

Im dunklen Wald lässt sich der Teufel bei Vollmond den Arsch lecken, und in dieser Nacht stand der Vollmond über der Stadt … Meine Zunge war dort beschäftigt, meine Hände kümmerten sich um den Rest; dieses Mal klebte ich richtig an ihm, ich klebte so an ihm, dass es weder mich gab noch ihn … Es gab auf der Welt nur noch den Arsch, den Schoß, den Mund, Schmecken, Tasten und Riechen, alles vereint in einer tiefen, rasenden, Frieden und Vergessen bringenden Lust.

›Falling Star, wohin ziehst du denn? – Ich weiß nicht, ich bin nur auf Wanderschaft.‹

Ich hielt inne, sammelte mich kurz, mit wunder Zunge, bebenden Nasenflügeln, die Augen geschlossen an seinem Fleisch, so nah wie möglich an seinem Innigsten.

Ich legte mich auf seinen Rücken, ich ritt ihn und rieb meine Klitoris an seinem Hintern.

Ich hockte mich hinter ihn, tauchte wieder mein Gesicht ein, ich hob sein Becken an, drückte mich wieder an ihn; die Zunge dort, die rechte Hand melkte seinen Schwanz, die linke steckte in meiner Möse. Als ich in meiner Hand spürte, dass er fast so weit war, kam ich, ich zuckte von den Schenkeln bis hinauf in mein eingetauchtes Gesicht, dann ersetzte ich meinen Mund durch meine Finger, die nass waren von meinem Saft, ich brachte ihn zum Spritzen und sah, wie sein Sperma schwer aufs Laken rann, während er ganz seltsam röchelte.

Wir schliefen ein paar Stunden fest umklammert. Bevor wir uns trennten, machten wir es uns noch mal mit dem Mund, ruhig und lange, einer nach dem anderen. Er fing an, noch ganz verschlafen gab ich mich in der Dunkelheit hin, weiter gespreizt als ein Regenbogen, und sprang ein paar Mal wie ein Ball in dem Kreis, den ich mit meinen Schenkeln bildete. Dann zog ich wieder das Laken über uns, und im Verborgenen unseres engen Zelts lutschte ich ihn, ich vergaß die Zeit, ich lutschte und bewunderte ihn liebevoll, bis er zwischen meiner Zunge und meinem Gaumen zerfloss.

So endete unsere fünfte Nacht, im fünften Stock des Paradieses.

SECHSTE NACHT

Was würde der große Nobodaddy sagen, wenn er mit uns spräche? Hoho! Ist da oben jemand? Werden meine Finger, die so gut riechen, wenn ich sie aus meinem Körper ziehe, den Äther mit meinem Saft anmalen, vermischt mit sämigem Blut?

Bevor die Nacht verliebt hereinbricht, bevor sie erschöpft erwacht – wer überlässt dem gespreizten Schoß des Himmels diese Tonnen durchwühlten Fleisches?

Nobodaddy, dieser Getriebene, dieser Besessene, liebt die Liebe, er liebt den Sex, mit seinem göttlichen Schwert schlägt er zu und spaltet alles, was sich bewegt, und damit ist gemeint: wirklich alles; auch er spreizt die Beine da oben, seinen jungfräulichen Schoß von ewigem Schwindel, den er selbst entjungfert, zweimal am Tag und ganz wild, wie man ihn sieht … Nobodaddy spricht zu mir, und er sagt: »Vögle, verrecke und komme!« Oder auch: »Leg dich hin und träume. Träume von mir und flenne!« Nobodaddy, du bist so lieb, aber ich tue, was ich will … Was willst du, mein Alter, es gibt eben welche, die wollen frei leben, ich bin frei geboren … Und ich habe keine Angst, mich vor dir oder den Männern hinzuknien, denn ich bin die Königin …

Nobodaddy bin ich, wenn ich mich selbst nehme, wenn ich mir den Mann mache, wenn ich mich zum x-ten Mal entjungfere und in mir selbst die Frau finde, mit der ich die Welt mit meinen schmutzigen Fingern anmale.

Mein Gott, wie schön die Welt ist!

Und was werden wir diese Nacht im Bett machen?

Morgen ist die siebte Nacht, die Nacht des Herrn über das Blut. Der, den ich liebe, wird mich nehmen, wie der Mann die Frau nimmt, wie es Gott oder Mutter Natur will. Doch diese Nacht, die heutige Nacht, ist der Rückseite der Kulisse gewidmet.

Nobodaddy hat mich zu Mann und Frau gemacht. Wenn du mich zu deiner Frau machen willst, deiner richtigen Frau für alle Ewigkeit, musst du meinen Körper und meine Seele nehmen. Meine Möse ist Öse, mein Mund spricht, und mein Arsch sagt Scheiße. Bevor ich deine Frau werde, will ich dein Mann sein, dein Handlanger, Killer, ohne gedungen zu sein – lern mich kennen, erkenn mich erst von dieser Seite, mach mir die Ehre, spritz deinen Lichtsamen dort in mich hinein. Mein Engel, vögle mich in den Mund und in den Arsch, ins Gesicht, mit dem ich mit dir rede, und von hinten, von wo dein Wort kommt. Meine Möse sagt Ja, mein

Mund sagt Nein, mein Arsch schweigt … Mein reiner Geist, mein junger Verrückter, mein blöder Dämlack, mein Lichtengel, besitze mich dort, wo ich dein Mann bin, mit meinen Fingern voller Farbe, die ich an den Schoß des Himmels streiche. Danach, danach, wenn du vor Lust rast, mach mich zu deiner Frau, wenn du willst, ich gebe sie dir, nimm Besitz von meiner fleischlichen Frau, und du wirst mächtig sein, für ewig freie Lust in der Gnade der Liebe.

Am Nachmittag kaufte ich teuflische Dessous. Denn er bringt mich richtig zum Lachen, mein Geliebter, richtig zum Lachen. Wenn er den Engel macht, wenn er die Bestie macht. Auch ich bringe mich zum Lachen, wenn er mich laufen lässt, und ich laufe, ohne müde zu werden, laufe aus Liebe … ›Das Jasagen zum Leben …; der Wille zum Leben, im *Opfer* seiner höchsten Typen der eignen Unerschöpflichkeit frohwerdend‹, ist das nicht *›dionysisch‹*, meinte ein Dichter, der verrückt geworden ist. Vor allem, wenn es um einen selbst geht …

Das Groteske der Geschlechter, der Rausch, den die Lust erlangt, der seelische Rausch, Lust auf Gutes oder Böses, Züchtiges oder Unzüchtiges, während die Sinne eine nervliche und geistige Erregung wollen, ihre Gefahrenlinie, eine amouröse und ästhetische Begegnung, ihre Fluchtlinie im Koitus … Wenn ich den Engel mache, wenn ich die Bestie mache … Das ist der Teufel, das ist der Teufel, der sticht. Lachen, wenn man Spaß hat, ohne zu sagen, dass man Spaß hat …

Also besorgte ich Spielzeug … Für diese Nacht Pumps, ausgeschnitten bis zur Zehenwurzel … Schwarze, duftige Strümpfe, die Naht zieht sich hinten an den Beinen hinauf wie ein Schnitt, eine Verheißung des Spalts, und läuft aus in einem Loch in dem dunklen Band, das die größte Rundung der Schenkel betont … Um den Tempel Strapse, Bänder, Spitzen, Haken … Höschen oder nicht? Büstenhalter oder Mieder mit Wespentaille? Du hast Angst vor unserem ersten Fick wie vor einer Wespe, nicht wahr? Ich muss Angst haben …

Zu Hause vor dem Spiegel probierte ich die Accessoires an. Nun ist aus deiner unschuldigen Schäferin eine verführerische Nutte geworden, und das macht ihr Freude … Auch sie liebt die Frau in sich … Jede Frau ist ein Mann, der seine Frau in sich hat, eine Frau, für die sie so scharf wird, dass sie nicht weiß, ob sie sie verstecken oder dem Erstbesten schenken soll … Sieh mich an, Geliebter, ich bin eine Blume in meinen Wäscheblättern, genauso leicht, und ich verschenke mich …

Im Taxi sehe ich die Stadt vorüberziehen, sie zittert heute Nacht gleich einer Papierfigur, die wie ein chinesisches Schattenspiel in eine Folge von Puppentheatern geworfen wird. Das Hotel war verlassen, lag still da wie ein verlassenes Schloss. Das Geräusch meiner Absätze, die auf dem Gehweg geklappert hatten, wurde nun vom Teppich gedämpft. Kaum betrat ich das Zimmer, legte ich meinen Geliebten statt ihn zu küssen auf den Boden und setzte mich auf sein Gesicht.

Ach, ich hätte ihn ersticken können! Ich öffnete und schloss meine Schenkel an seinen Ohren, wippte, rieb mich an seiner Nase, drückte meinen Hintern auf seine Augen, um ihm einen Vorgeschmack zu geben, ich hob mein Becken an und steckte meine Finger hinein, um ihm zu zeigen, wie es dort wäre, bewegte mich wieder zu seinem Mund. Klatschnass, miteinander, füreinander.

Befriedigt stand ich auf, zog Rock und Oberteil aus, hockte mich aufs Bett und streckte ihm den Arsch hin, mein Kopf steckte zwischen den Kissen, während er sich auszog. Er massierte ihn, biss, schlug, leckte ihn, bis er spürte, dass ich bereit war.

Ich erstarrte in einer Mischung aus Angst und Ungeduld, und er drang ein. Sanft, vorsichtig erst, dann leichter, tiefer. Ich sagte Dinge, Obszönitäten, die ganz allein von was weiß ich woher kamen.

Er zog sich heraus, drehte mich um, hockte sich rittlings auf mein Gesicht. Nicht damit ich ihn lutschte, sondern um in mich einzudringen, mich mit heftigen Leistenstößen in den Mund zu vögeln.

Mehrmals drehte er mich um wie eine Spielkarte, sprang von einer Seite zur anderen. Ich ließ mich lustvoll gehen, mein Körper war nur noch ein orgiastischer Rausch, ich bewohnte ihn nacheinander da und dort, wo er gerade in mich eindrang, grenzenlos in mich eindrang, außerordentlich bedrohlich und wohltuend, unbarmherzig und erfüllend. In dieser willentlichen, überwältigenden Grobheit, unter seiner Kontrolle, in dieser Beziehung Mund und Arsch, kam meine Lust von zwei Seiten, fremd, sehr körperlich und sehr seelisch, und warf mich auf meine Fremdheit zurück.

Er zog sich aus meinem Mund, nahm mich zum Schluss von Angesicht zu Angesicht, Auge in Auge. Nach seinem Orgasmus ließ er sich auf mich fallen, schwer, genüsslich, wir beide mit verschränkten Armen, ineinander geflochtenen Fingern. Wir legten uns auf den Rücken, Seite an Seite, bei gelöschtem Licht, Hand in Hand, schweigend.

Kurze Zeit später gingen wir, gingen durch die Nacht, durch die menschenleeren Straßen, immer wieder blieben wir stehen und küssten uns, verrückt vor Liebe. Die Luft war lau, die Lichter der Stadt ließen hier und da über den Dächern ein paar Sterne durchscheinen, einsame Seelen.

Wir setzten uns auf eine Bank am Ufer des dunklen Flusses. Das Wasser floss lautlos, mächtig. Im tiefen beiderseitigen Schweigen hört man Stimmen, hört man Stimmen …

Wieder küssten wir uns. Er schob seine Hand unter meinen Rock, er rieb mich, einfach so, ich umschlang seinen Hals, hing an seinem Mund, außer mir vor Lust, vor fleischlicher Lust und vor Lust, hier mit ihm zu sein, mit ihm.

Alles war weiß und schwarz, mondweiß und nachtschwarz, alles war zart, samten, ein bisschen geheimnisvoll, neben uns raschelte kaum hörbar eine Trauerweide, das nahe Wasser sang sein leises, plätscherndes Lied, wir selbst waren schwarzweiß, wir selbst waren aus diesem schwarzweißen Licht, das über die Konturen schleicht wie nachts die Katzen über die Dächer, dieses Licht, in dem sich die Zeit ausstreckt, hingibt und vergisst, wie eine verliebte Frau, die ihr Geliebter im Dunkeln streichelt und deren Lust übers Bild wandert und in einer Ecke aufblitzt.

Ich öffnete seinen Hosenschlitz, nahm ihn in die Hand, unterm Himmel. Und als ich spürte, wie seine Ader in meiner Hand anschwoll und heftig pulsierte, kniete ich mich vor ihn und empfing ihn in meinem Rachen.

Wir machten uns wieder auf den Weg, nahmen ein Taxi, er begleitete mich bis zur Tür. Ich legte mich hin und schlief sofort ein, mit einem Lächeln auf den Lippen … Unsere sechste Nacht war vorüber, sehr schön …

SIEBTE NACHT

In der letzten Nacht erwartete er mich in der Lobby. Er habe eine Überraschung für mich, sagte er, und wir gingen gleich wieder.

Der Frühling war nun schon fortgeschritten, es war ein Wetter wie im Juli. Um Mitternacht war die Luft noch warm, fast heiß. Ich trug ein kurzes, eng anliegendes weißes Kleid aus Baumwolle mit Blumenmuster – so wollte ich meine Verjüngung feiern, die Rückkehr des Sommers, und in gewisser Weise unsere Hochzeitsnacht, denn er würde mich »entjungfern«, würde zum ersten Mal in mein urweibliches Allerheiligstes eindringen.

Saturn schimmerte am Himmel, ›gleich dem weißen Schaum am Kiel, / Der leis' zur Nachtzeit gleitet in die Bucht‹, sagte ein Dichter.

Wir kamen zu den Kais im Westen der Stadt und zu einer kleinen Yacht, die dort festgemacht war.

Wir gingen an Bord, klopften an die Tür der Kajüte, aus der Licht durch ein Fenster mit blauen Vorhängen schien. Ein junger Mann öffnete und ließ uns ein. Ich ging an ihm vorbei und sah in seine schwarzen, funkelnden Augen, die sich langsam in die meinen bohrten.

Mein Geliebter stellte mir den Mann vor, es war sein Neffe, aber ich konnte mir seinen Namen nicht merken, die Männer haben so viele Namen. Der junge Mann lächelte mich an, er hatte schöne braune Haut und ein Engelsgesicht. Aus der Vase auf dem Tisch nahm er einen Strauß hellrote Rosen und reichte sie mir, die Stiele tropften. Ich nahm sie lachend entgegen, er lachte auch und zeigte mir seine Hand, an der ein Blutstropfen glänzte. Dann ließ er uns allein, um die Leinen loszumachen und sich ans Steuer zu stellen. Das Boot stach in See.

Wir tranken ein Glas oder zwei, wir streichelten uns. Wie lange braucht es, bis die Lust verloschen ist? Meine Hände knöpften sein Hemd auf, mein Mund suchte seinen Mund, küsste inbrünstig sein ganzes Gesicht, suchte seine Haut, seine Haare, liebkoste seinen Oberkörper, seine Schultern, seinen Bauch, meine Nase suchte seinen Duft in den Hautfalten, meine Zunge schleckte ihn wie eine kleine Katzenzunge, mein Ohr presste sich an sein Herz, um es besser schlagen zu hören, an seinen flüsternden Mund, um seinen Atem besser zu spüren, mein Bauch, meine Schenkel drückten und umschlossen ihn ganz fest, um das Brennen in meinem Schoß noch anzufachen, all dies sagte mir, dass Jahrtausende nicht genügten, um mein Verlangen nach ihm zu stillen. Und dass mir auch keine tausend Hände, tausend Münder, tausend gespreizte Schenkel genügten, um ihn ganz auszukosten. Und keine zwei Geschlechter, ein männliches und ein weibliches, um ihn so zu vögeln, wie ich es mir wünschte. Ich fing an zu weinen.

Er umarmte mich, streichelte mich, aber ich wollte und wollte nicht getröstet werden. Ich hätte ihn am liebsten geschlagen und gebissen, so weh tat er mir, so gut tat er mir, weil ich ihn so begehrte. Dieser Körper, dieses Fleisch, diese Seele, ich hatte sie in der Seele und in der Haut, aber ich hatte sie auch nicht, ich würde sie nie haben, selbst wenn ich sie auffressen würde.

»Lass mich machen, lass mich machen …«, bat ich ihn. Und jedes Mal, wenn ich den Mund aufmachte und etwas sagen wollte, wurde das Feuer zwischen meinen Beinen noch geschürt, dort war ein Brandherd, der übergriff, der über meine Schenkel und mein Herz loderte und mir unter der Haut brannte bis zu den Zehen, bis zu den Haarwurzeln.

Im Sitzen streifte ich ihm Hose und Unterhose herunter, ohne sie auszuziehen. Ich wollte sein Glied sehen, so, halb steif, das aus seiner Unterhose sprang wie ein befreites Tier. Ich rieb es über mein Gesicht, meine Lider, ich hob meine Haare an und tätschelte damit meinen Nacken, die Ohren. Mit den Händen, mit dem Mund umsorgte ich es liebevoll, nannte es meinen Schatz und sagte ihm zärtliche Worte, küsste, rieb und wog dabei auch seine Eier zärtlich in der Hand.

Wie könnte ich es je müde werden, diese zarte, duftende Haut an meinen Lippen, an meiner Zungenspitze, in meiner hohlen Hand zu spüren? Nichts könnte mich diesen wunderbaren Schatz vergessen machen, ich wusste es, und ich empfand so viel Verzweiflung wie Freude darüber.

Er zog mich hoch und rutschte an die Kante der Bank, damit ich mich auf ihn setzen konnte. Ich zog mein Höschen aus, schob mein Kleid hoch und setzte mich auf seinen Schoß, ich führte ihn gleich ein, meine Beine umschlangen seinen Rücken. Ich stieß einen Freudenschrei aus und kam fast gleich.

Die sanften Wellen, das Brummen des Motors wiegten uns. Ich wechselte die Stellung, um ihn von der anderen Seite einzuführen, stehend, mein Hintern ihm zugedreht. Als ich mich vorbeugte und mich an den Knien abstützte, sah ich in einem Spalt im Vorhang das Auge des jungen Mannes im Fenster.

Wir gingen in das Schlafzimmer, zogen uns aus und liebten uns ruhig und tief auf dem Bett. Von Zeit zu Zeit dachte ich an den jungen Mann, seinen Neffen, und fragte mich, ob er masturbiert hatte, als er uns zusah. Ja, sicherlich hatte er es getan, ich stellte mir vor, dass er sein Sperma in den Nachthimmel spritzte wie ein weißes Feuerwerk. Das Sperma meines Geliebten spritzte in meine Vagina, während ich langsam und heftig in einem nicht enden wollenden Orgasmus zuckte. Er drehte sich auf die Seite, und wir lachten mit völlig gelösten Körpern.

Er schlief ein, doch ich konnte nicht, irgendetwas hinderte mich daran. Warum starrt man mit offenen Augen in die Nacht, wenn es nichts zu sehen gibt?

Ich sah den Morgen kommen, sah ihn mit sanften Schritten über das angebetete Gesicht meines Geliebten kommen. Ich stand auf, ohne ihn zu wecken, zog mein Kleid direkt auf die nackte Haut an und ging barfuß hinaus.

Der junge Mann war da. Er schenkte mir sein verträumtes Lächeln, nahm mich an der Hand und führte mich aufs Deck. Rücklings streckten wir uns auf den Planken aus, betrachteten ohne zu sprechen den Tag, der am Himmel über dem Wasser und den grünen Ufern des Flusses aufzog. Möwen kreisten kreischend über dem Kielwasser. Der junge Mann legte sich auf mich und drang gleich ein.

Ich warf den Kopf zurück, und als ich kam, hatte ich das Gefühl, auch ich sei eine Möwe. Der, den ich liebte, war eine Möwe, die über die Gischt schwebte, er sah mich an, wie ich ihn in meiner Lust ansah, und wusste, dass ich nie, niemals, mein Verlangen nach ihm würde stillen können, und das war für uns beide Segen und Fluch.

Der junge Mann sprach schlecht Französisch, aber er fand Worte, um mir in seinem wunderbaren Akzent ewige Liebe zu schwören. Ich beschloss, daran zu glauben, sein Blick war so tief, seine Haut so zart, der Morgen so ergreifend …